UNE AVENTURE DU LIEUTENANT BLUEBERRY

LA DERNIÈRE CARTE

TEXTE DE JEAN-MICHEL CHARLIER
DESSINS DE JEAN GIRAUD

HACHETTE

Imprimé en Belgique
Dépôt légal n° 7437 - Novembre 1983
57.77.4901.01
ISBN 2.01.009683.5
Loi n° 49-956 du 16 juillet 1949
sur les publications destinées à la jeunesse - dépôt 11.83

© 1983 NOVEDI, BRUXELLES
Tous droits de reproduction, de traduction
et d'adaptation strictement réservés
pour tous pays, y compris l'U.R.S.S.

D/1983/3299/34

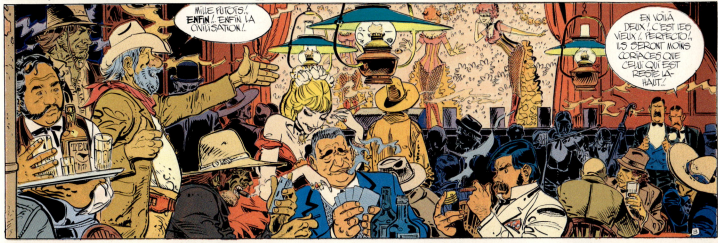

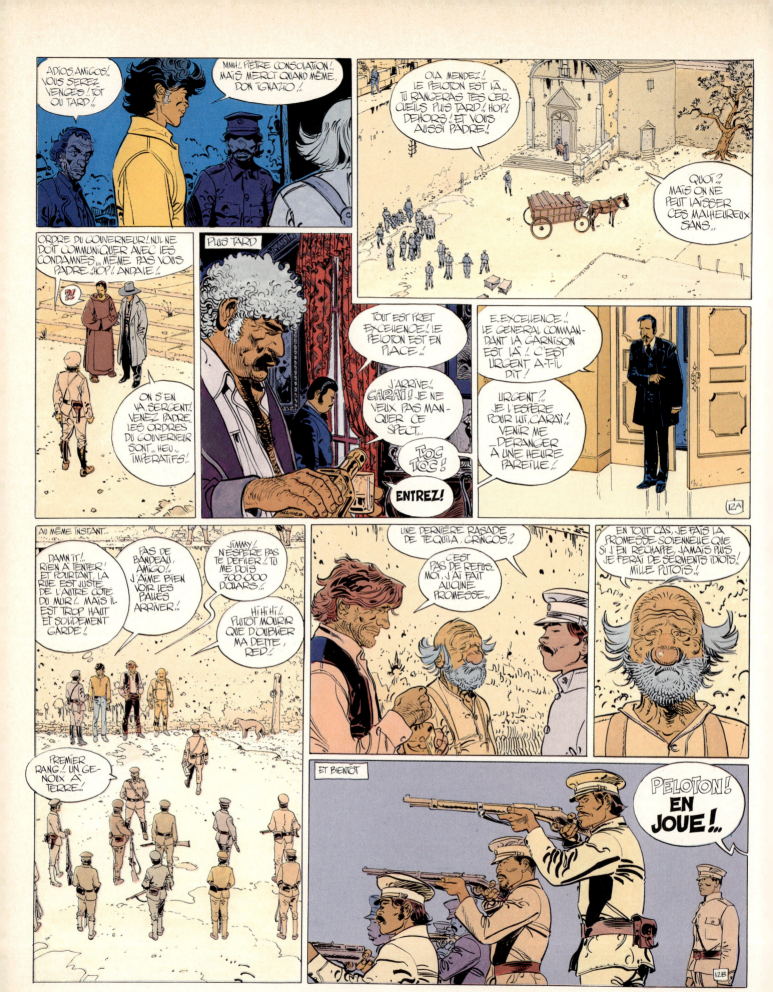

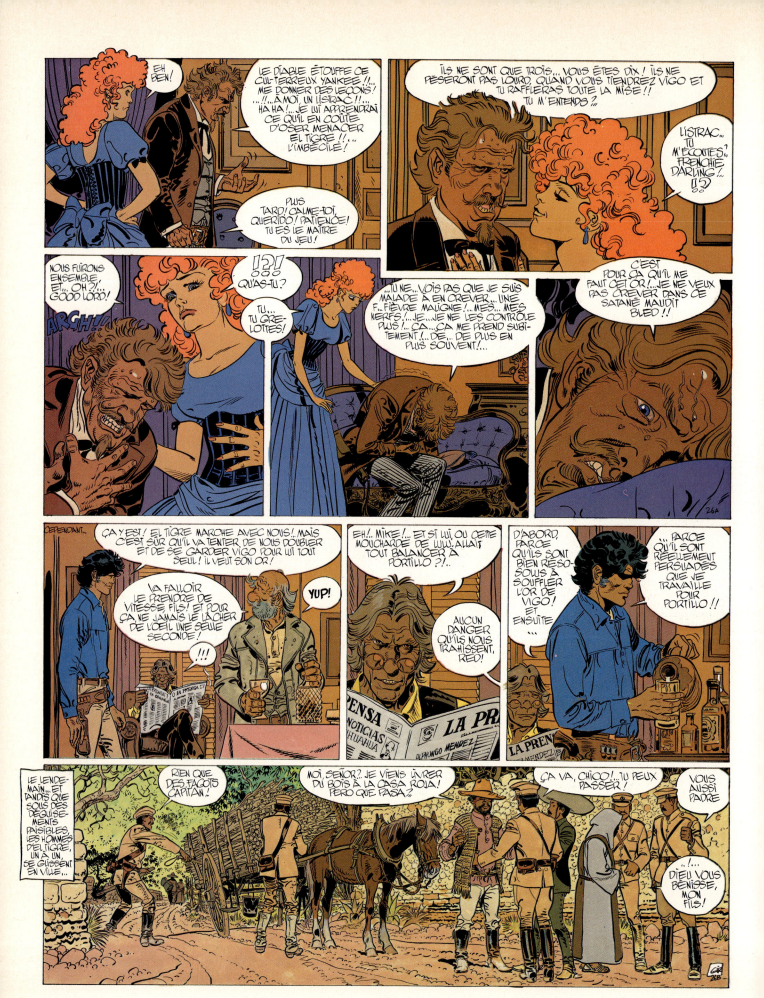

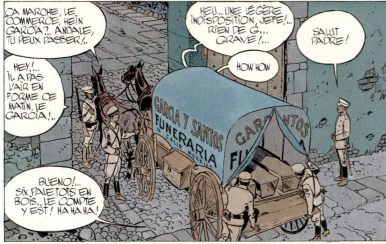

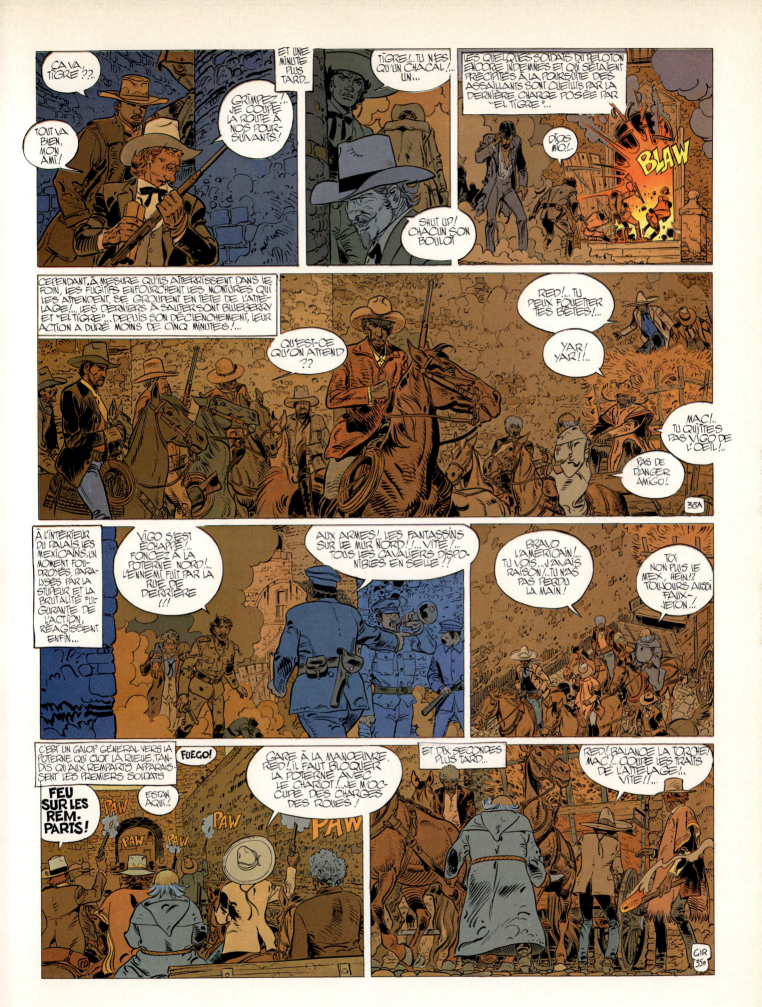

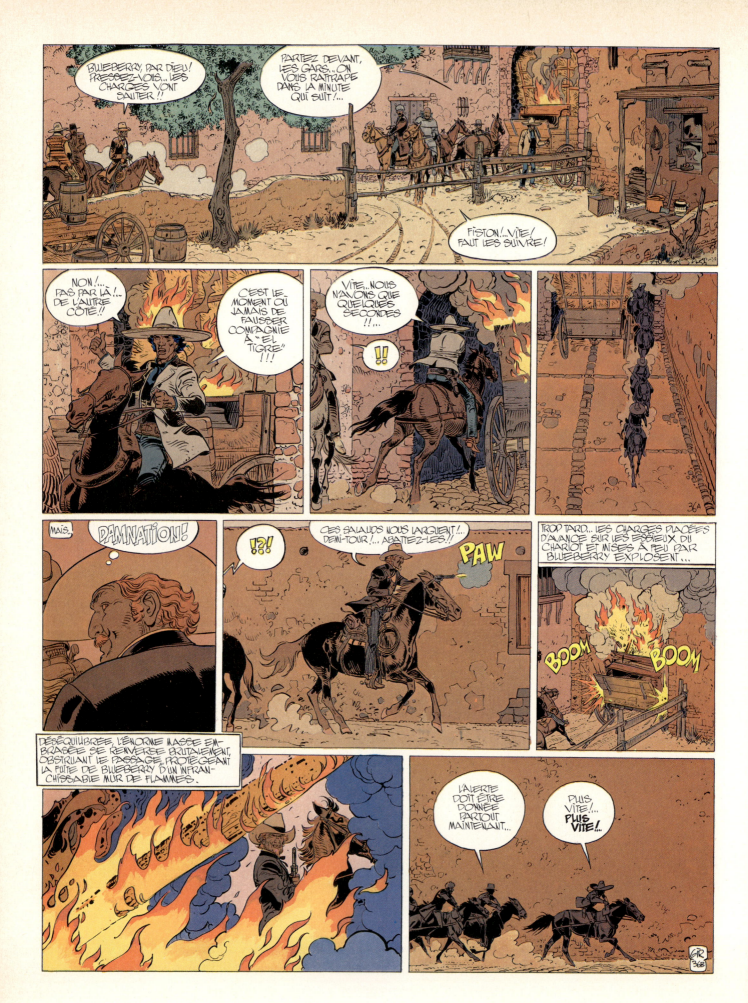

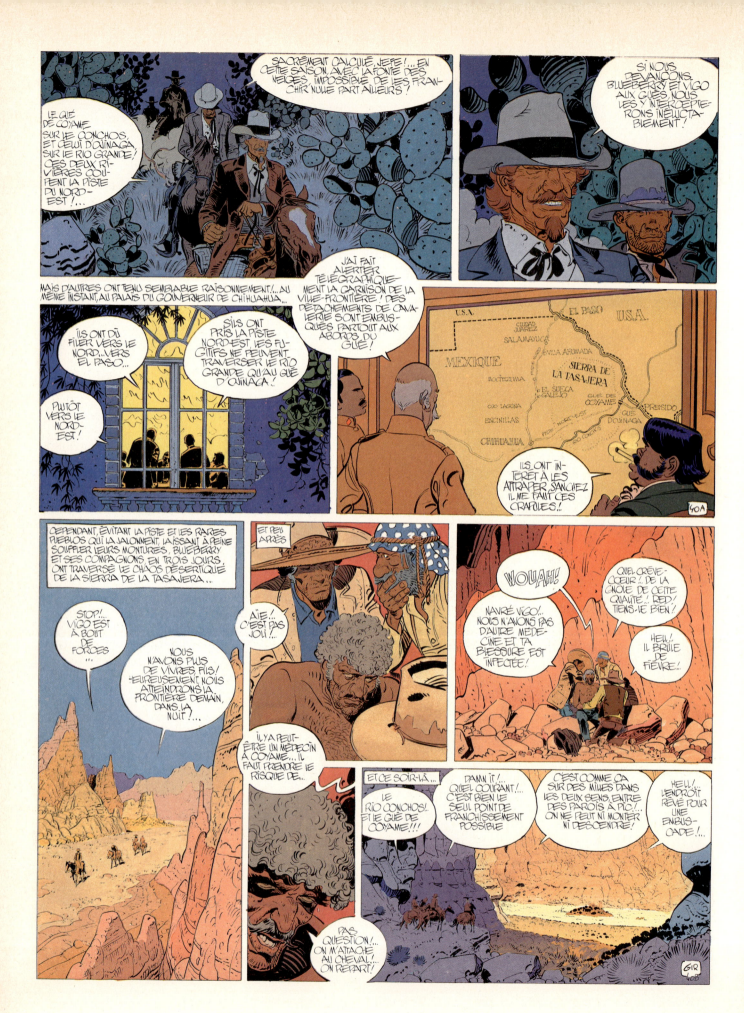

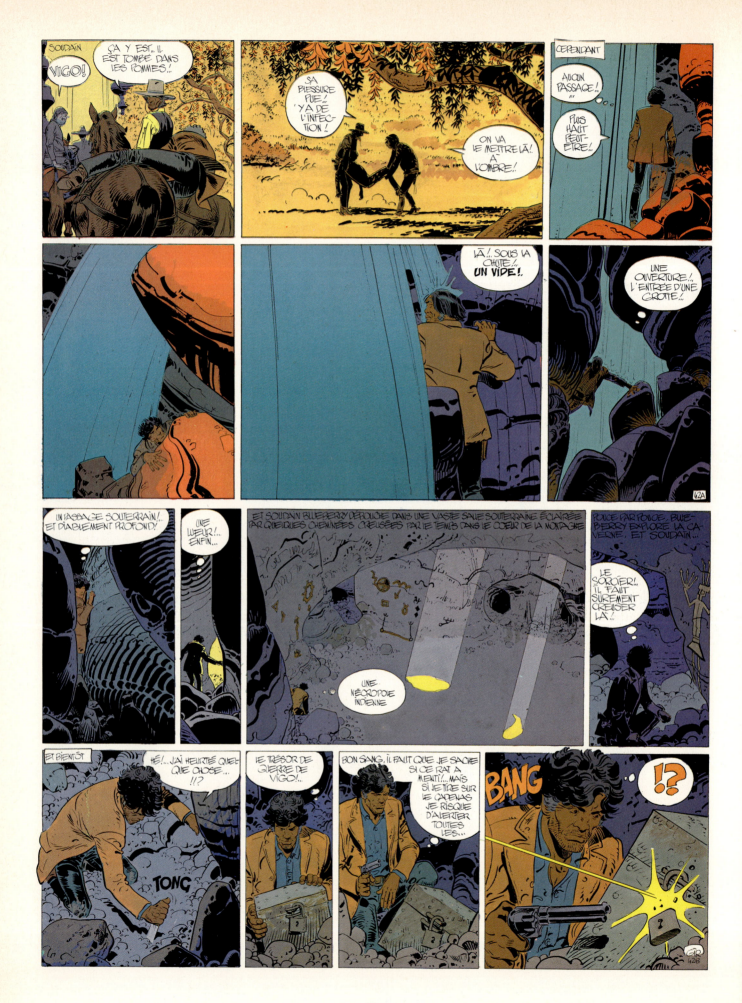

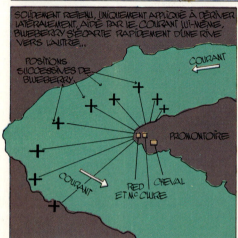